BARREAU DE POITIERS

DE LA

PROPRIÉTÉ LITTÉRAIRE

DISCOURS

PRONONCÉ

A LA SÉANCE SOLENNELLE DE RENTRÉE DES CONFÉRENCES
DES AVOCATS STAGIAIRES

Le 13 janvier 1885

PAR

Léon CASTEX

Avocat à la Cour d'appel, Secrétaire de la Conférence

POITIERS

IMPRIMERIE TOLMER ET Cie

RUE DE LA PRÉFECTURE

1883

BARREAU DE POITIERS

DE LA

PROPRIÉTÉ LITTÉRAIRE

DISCOURS

PRONONCÉ

A LA SÉANCE SOLENNELLE DE RENTRÉE DES CONFÉRENCES
DES AVOCATS STAGIAIRES

Le 15 janvier 1883

PAR

Léon CASTEX

Avocat à la Cour d'appel, Secrétaire de la Conférence

POITIERS

IMPRIMERIE TOLMER ET Cie

RUE DE LA PRÉFECTURE

1883

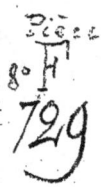

IMPRIMÉ AUX FRAIS DE L'ORDRE, PAR DÉCISION DU CONSEIL

Le samedi 13 janvier 1883, à deux heures, l'Ordre des avocats à la Cour d'appel de Poitiers s'est réuni en robes, dans la salle d'audience de la première chambre de la Cour, pour l'ouverture de la Conférence des avocats stagiaires.

Étaient présents : M. Alfred Orillard, bâtonnier, présidant l'assemblée ; MM. Levieil de la Marsonnière, officier de la Légion-d'Honneur, Arnault de la Ménardière, Parenteau-Dubeugnon, secrétaire, Faure, Normand, Druet, Pichot et Séchet, membres du Conseil de l'Ordre ; M. Ducrocq, ancien bâtonnier, chevalier de la Légion-d'Honneur ; MM. Roblin, Veillard, Savatier, Compaing, Mérine, Prévot-Leygonie et de Céris, avocats inscrits au tableau.

La barre était occupée par MM. les avocats stagiaires.

M. le Bâtonnier a ouvert la séance et prononcé une allocution dans laquelle il a rappelé aux avocats stagiaires leurs obligations et leurs devoirs.

M. le Bâtonnier a ensuite annoncé la reprise des travaux de la Conférence et donné la parole à M. Castex, qui a lu une étude sur la *Propriété littéraire*.

M. Audinet a prononcé l'éloge de *M. Dufaure, avocat*.

Après ces deux discours, M. le Bâtonnier a annoncé que le Conseil de l'Ordre a nommé secrétaires de la Conférence pour l'année 1883 : MM. Audinet, Castex, Berlaud et Graffin.

Il a ensuite réglé le service de la Conférence pour les séances ultérieures, fixées, suivant l'usage, au samedi de chaque semaine, à deux heures précises, et il a déclaré la séance levée.

Rentré dans la chambre de ses délibérations, le Conseil, composé comme il est dit ci-dessus, a décidé que les deux discours de MM. Castex et Audinet seraient imprimés aux frais de l'Ordre.

Poitiers, les jour, mois et an que dessus.

DE LA

PROPRIÉTÉ LITTÉRAIRE

~~~~~~~~

Monsieur le Batonnier,

Messieurs,

A l'honneur, qui m'est fait aujourd'hui, de prendre la
parole devant vous, je ne saurais mieux répondre qu'en
offrant aux membres de notre Ordre, qui sont aussi nos
maîtres dans la science, et d'une façon toute particulière à notre ancien Bâtonnier, que nous avons appris à
connaître et à vénérer pendant deux ans, l'hommage de
ma respectueuse gratitude.

Le sujet qui m'a été donné, vaste dans son étendue, est
une des plus grandes questions qu'ait fait naître le développement de la civilisation moderne. Il a été discuté et
controversé avec passion. Depuis le XVIIIᵉ siècle, les arrêts
du Conseil du roi et des Parlements, les pamphlets, les
mémoires, les lois, les discours se sont succédé en
foule.

J'aurais voulu faire passer sous vos yeux ces innom-
brables documents, et vous offrir sur la propriété littéraire,
au lieu d'une ébauche sèche et aride, un travail que j'aurais
tenté de rendre intéressant et complet. Le cadre étroit
de ce discours ne me le permet pas. Mais si, néanmoins,
je suis heureux de me faire ici l'écho bien affaibli des
plaintes de tous ceux qui, littérateurs ou savants, avocats
ou jurisconsultes, appartiennent à la grande famille littéraire, c'est avec crainte que je vous exposerais leurs
doléances, réitérées tant de fois depuis deux cents ans, si
je ne comptais beaucoup sur votre indulgente sympathie.

I.

Dans l'antiquité, la propriété littéraire, c'est-à-dire le
droit exclusif donné à l'auteur de recueillir le prix des
ouvrages qu'il compose, n'existait pas. Cela se conçoit
facilement. La difficulté de la reproduction était telle, que
les copies manuscrites des œuvres de l'époque s'obtenaient
avec peine ; peu nombreuses, elles ne pouvaient pas
provoquer une réglementation spéciale.

Aussi est-ce en vain que certains érudits connus sous
le nom de « plagiaristes » ont cherché, dans le corps des
lois romaines, un texte qui consacrât le droit des écrivains. Seul, le vol du manuscrit est prévu et puni.

Le plagiat existe, il est vrai : Vitruve (1) raconte que plusieurs poètes concourant dans une sorte de joute littéraire, à Alexandrie, furent convaincus d'avoir commis cette action honteuse, et condamnés sur l'ordre du roi.

Sans discuter l'importance de ce témoignage, il faut reconnaître que les larcins dont se plaignait Virgile étaient flétris par l'opinion publique avec une grande énergie. Mais l'on reproche aux plagiaires de ravir aux grands hommes leur gloire et leur honneur ; on ne les accuse pas de s'enrichir aux dépens de leurs victimes.

Au moyen-âge, la situation est identique. Les cloîtres sont devenus le sanctuaire des sciences, et à leurs vertueux habitants nous devons la conservation des chefs-d'œuvre de l'antiquité. La question de propriété ne se pose pas, les copistes sont des moines, le vœu de pauvreté les lie.

Sous Charlemagne les lettres renaissent ; l'enseignement, enfoui jusqu'alors dans les monastères, se propage au dehors. La librairie, si toutefois on peut employer ce mot, devient une corporation, dont les membres, réduits à un nombre fixe, sont confinés autour de la Sorbonne. Dans l'année 1275, l'Université lui donna son premier statut.

Dès cette époque, le vol littéraire fut sévèrement puni, si l'on croit Jehan de Nostre-Dame. Il raconte, d'après Le Monge ou le moine des Iles d'Or, qu'Albertet, poète pro-

(1) Vitruve, *De architectura*. — M. Caillemer, *La Propriété littéraire à Athènes*.

vençal de Sisteron, après avoir aimé la marquise de Mallespine, se retira à Tarascon, où il mourut de chagrin ; mais avant « il bailla ses chansons à un sien amy et famillier, nommé Peyre de Valeiras ou de Valernas, pour en faire un présent à la marquise, et qu'au lieu de le faire, il les vendit à Fabre d'Vzes, poète lyrique, se faisant ouïr qu'il les avait dictées et composées : mais ayant été recogueus par plusieurs sçavants hommes, au rapport qu'en feist le dit de Valeiras, le Fabre d'Vzes fut pris et fustigé, pour avoir injustement usurpé le labeur et œuvres de ce poète si renommé, suyvant la loi des empereurs (1) ».

Bientôt allait paraître cet art merveilleux que Louis XII appelait « une invention plus divine qu'humaine » et dont Jean-Jacques Rousseau devait écrire, quatre siècles plus tard : « A considérer les désordres affreux que l'imprimerie a déjà causés en Europe..., on peut prévoir aisément que les souverains ne tarderont pas à se donner autant de peine pour bannir cet art terrible de leurs États qu'ils en ont pris pour l'y établir (2). »

La découverte de l'imprimerie, en 1436, et l'invention du papier, quelques années plus tard, produisirent une révolution considérable. Après une lutte très vive entre les imprimeurs, et les copistes qui s'étaient déclarés leurs ennemis, et après un arrêt qui autorisait ces derniers à

(1) Nodier, *Questions de littérature légale.*
(2) J.-J. Rousseau, *Discours sur le rétablissement des sciences et des arts.*

faire briser les presses de leurs adversaires, l'avantage resta enfin aux imprimeurs. Les accusations de sorcellerie dont ils avaient été les victimes étaient tombées dans l'oubli; et la fortune des émules de Gutenberg eût été grande s'ils n'avaient pas eu à combattre la contrefaçon qui est exercée déjà avec la plus grande audace; on en trouve la preuve dans l'Avis aux imprimeurs placé par Luther à la fin de son *Explication des épîtres et évangiles depuis l'Avent jusqu'à Pâques*. Les épithètes de larron et de voleur de grand chemin y sont employées.

Pour remédier à cette situation fâcheuse, l'État octroya des privilèges. Ils conféraient aux éditeurs une sorte de monopole pour la reproduction des ouvrages anciens. Le premier paraît avoir été accordé en 1495, par le sénat de Venise, au célèbre Alde, l'inventeur des caractères italiques. En France, Louis XII, vers l'année 1507, en donnait un à Antoine Vérard, pour l'impression des *Épîtres de saint Paul*.

A côté de ce monopole accordé aux grands typographes, on trouve « l'autorisation d'imprimer », qui, appelée à tort un privilège, était une simple mesure de police, ne conférant aucun droit exclusif (1). Le roi surveillait ainsi l'imprimerie, dont les sectaires avaient beaucoup abusé pendant les luttes de la Réforme.

(1) Mémoire de L. d'Héricourt.
Représentations des libraires de Paris adressées à M. de Sartine en 1764.

Cette censure véritable fut réglementée d'abord, en 1521, par François Ier, et plus tard, avec une sévérité excessive, par Charles IX, qui interdit aux libraires d'imprimer « aucuns livres, lettres, harangues, ni autres écrits, soit en rhythme, soit en prose, sans permission donnée sous le Grand Scel de la chancellerie, et ce, sous peine d'être p ndus et étranglés ».

Au XVIIe siècle, cet état de choses semble avoir été modifié : les ouvrages anciens purent être imprimés librement. Les éditeurs d'ouvrages modernes furent au contraire protégés, et le privilège qu'on leur accordait était renouvelé à leur profit, d'une façon indéfinie.

Il importe de remarquer que la perpétuité de la propriété littéraire était ainsi réellement mise en pratique.

Malheureusement, l'ancienne législation sur la librairie est fort obscure; et de la confusion faite souvent entre le privilège et l'autorisation sont nées des erreurs. C'est ainsi qu'après le règlement provoqué par l'illustre chancelier d'Aguesseau, un débat animé dont nous ne connaissons pas le résultat, s'ouvrit entre les libraires de Paris, et les libraires de province qui prétendaient que le privilège, tel qu'ils l'entendaient, constituait la propriété. Louis d'Héricourt, avocat au Parlement et célèbre canoniste du temps, soutint les droits des libraires de Paris. Son mémoire, présenté au Garde des sceaux en 1725, traitait la question de savoir s'il serait juste et équitable d'accorder aux libraires de province la permission d'im-

primer les livres qui appartiennent aux libraires de Paris
par l'acquisition des manuscrits de l'auteur.

A lui, Messieurs, revient la gloire d'avoir été le premier défenseur de la propriété littéraire. « Quel est le
bien, dit-il, qui puisse appartenir à un homme, si un
ouvrage d'esprit, le fruit unique de son éducation, de
ses études, de son temps..., si la portion de lui-même la
plus précieuse, celle qui l'immortalise, ne lui appartient
pas...? L'auteur est donc maître de son ouvrage, ou personne dans la société n'est maître de son bien. Le
libraire le possède, comme il était possédé par l'auteur ;
le libraire a donc le droit d'en tirer le parti qui lui con-
viendra par des éditions réitérées (1). »

Ces idées, qui étaient justes, parurent bien hardies pour
l'époque, et Jacques Vincent qui avait imprimé le mémoire,
fut obligé de se cacher.

Un résultat sérieux était cependant obtenu ; et quand,
soixante-six ans après la mort de La Fontaine, ses petites-
filles demandèrent la reconnaissance des droits qui, suivant elles, leur appartenaient naturellement, par voie d'hé-
rédité sur les ouvrages du fabuliste, leur requête fut
accueillie. Il est évident, du reste, que le Conseil du roi, en
confirmant des prétentions semblables, exagérait beaucoup
le droit des auteurs et de leurs héritiers, puisque La
Fontaine, pendant sa vie, avait cédé tous ses ouvrages à
Barbin.

(1) *Œuvres posthumes de Louis d'Héricourt* (1759), t. III.

En 1777, furent rendus six arrêts célèbres; loin de donner la situation de la propriété littéraire, ils étaient, ainsi que le fait remarquer un savant auteur (1), le renversement de la tradition. Le gouvernement prenait parti pour la contrefaçon, et faisait du droit de l'écrivain un privilège royal, dont l'administration dispose à son gré, après une première concession faite à l'auteur. Les libraires réclamèrent, et le conseiller d'Espréménil transmit en ces termes leurs plaintes au Parlement : « Nous avions acquis, vendu, donné en dot nos fonds de librairie, qui faisaient toute notre fortune. Aujourd'hui nous sommes dépouillés. Les arrêts du Conseil ayant détruit la propriété littéraire, nos traités sont incertains, nos partages sont illusoires, les biens de nos femmes sont privés d'hypothèques. »

Ces réclamations ne demeurèrent pas stériles, et, le 30 juillet 1778, un nouvel arrêt fut rendu : Tout auteur qui aura obtenu en son nom le privilège de son ouvrage, aura désormais le droit de le vendre chez lui, et il pourra, autant de fois qu'il le voudra, le faire imprimer par l'imprimeur qu'il aura choisi.

Les légistes auraient dû tirer de cet arrêt une reconnaissance efficace du droit de propriété; au lieu de le faire, on s'effraya de la réforme, sans en user.

En 1789, ceux qui trouvaient, dans la contrefaçon, des

(1) M. Laboulaye, *La Propriété littéraire au* XVIIIe *siècle.*

moyens d'existence, ne manquèrent pas d'interpréter en leur faveur l'abolition des privilèges; et aux réclamations de Bernardin de Saint-Pierre l'administration répondait, dans une lettre que je cite, parce qu'elle montre les idées bizarres de l'époque: « La contrefaçon est un honneur, elle est la preuve et la punition des grands succès. L'intérêt et l'envie se sont toujours ligués contre la gloire. Mais vos mœurs douces, vos talents sublimes..., tout en vous ne devait-il pas imposer du respect à ces corsaires qui profanent le génie? Ils vous volent, Monsieur : invoquez la loi, elle se réveillera pour vous... (1). »

Si ce document a été écrit sérieusement, il est original à plus d'un titre; et l'on reconnaît sans peine, dans sa forme, le style ronflant et de mauvais goût que les hommes de la Révolution employaient volontiers.

Laharpe et Champfort réclamèrent à la barre de l'Assemblée en 1790, l'abolition du monopole des comédiens. La liberté des théâtres fut proclamée, et la loi de 1791 donna aux auteurs le droit exclusif de faire représenter leurs œuvres. A leur mort, le droit subsiste pendant cinq ans au profit des héritiers.

En 1793, un droit viager est accordé à tout écrivain. Ses héritiers ou ses concessionnaires en jouissent pendant dix ans après sa mort.

Un décret de 1810 augmenta ce délai en faveur des descendants seuls.

(1) *Revue historique*, t. VI.

. Sous la Restauration, l'établissement de la liberté de la presse fit naître deux projets qui n'aboutirent pas.

Quelques années plus tard, deux nouveaux projets furent l'objet de débats qui présentèrent un immense intérêt , principalement à cause des hommes qui s'y trouvèrent mêlés : Berryer, Lamartine ; et bien d'autres dont les noms jouissent encore d'une grande notoriété.

Un autre projet, présenté en 1861, ne réussit pas mieux.

Enfin, après la loi de 1854, la loi de 1866, un peu plus libérale, a reconnu aux auteurs un droit exclusif de publication pendant leur vie. Elle accorde le même droit aux héritiers sans distinction pendant cinquante ans ; ce délai a toujours pour point de départ la mort de l'auteur. Le conjoint survivant a, pendant le même laps de temps, la simple jouissance des droits dont l'auteur prédécédé n'a pas disposé par acte entre vifs ou par testament.

II.

Si l'on fait le parallèle de la loi de 1866 avec les dispositions législatives en vigueur dans certains pays d'Europe, il ne nous est pas favorable ; des questions pratiques d'une importance considérable n'ont pas été prévues, et l'on trouve dans l'exposé des motifs cette déclaration singulière : « Il n'y a pas lieu d'essayer une réglementation qui n'a pas abouti en 1825 et qui a échoué à grand bruit en 1841. La plupart des détails sont fixés par une jurisprudence acquise ; il serait imprudent... d'enchaîner l'appréciation du juge... »

D'autres critiques plus fondées ont été faites. Le délai fixé par la loi est insuffisant, s'il n'est pas injuste. Qu'une veuve survive à son mari pendant cinquante ans, la loi ne servira qu'à montrer aux héritiers l'étendue des droits dont ils ne jouiront pas ; et la femme qui aura pieusement conservé pendant un demi-siècle le souvenir de l'époux qui l'a laissée seule sur la terre, sera dépouillée en arrivant au terme de son existence, alors que les nécessités de la vie se font le plus vivement sentir.

Dans la loi dont je vous parle, Messieurs, le mot *propriété* ne se rencontre nulle part. Le législateur n'a pas voulu trancher une question dont la solution était pourtant depuis longtemps attendue. Ce n'est pas, je l'ai montré, le seul reproche qui puisse lui être adressé. Cependant l'on ne saurait suivre certains auteurs à l'humeur chagrine, qui ont vu dans la réglementation successive du droit des auteurs, un coup funeste porté aux arts et aux lettres. Depuis qu'elle existe, ont-ils dit, les écrivains n'ont qu'un but, s'enrichir ; les arts sont devenus mercantiles... Une seule réponse est à faire ; je la trouve dans un mémoire de Beaumarchais qui prit part aux querelles qui divisaient, de son temps, les auteurs et les *comédiens ordinaires du roi :* « On dit, aux foyers des théâtres, qu'il n'est pas noble aux auteurs de plaider pour le vil intérêt, eux qui se piquent de prétendre à la gloire. On a raison, la gloire est attrayante ; mais on oublie que, pour en jouir seulement une année, la nature nous condamne à dîner trois cent soixante-cinq fois, et, si le guerrier et le magistrat ne rougissent pas de recueillir le noble salaire de leurs services, pourquoi l'amant des Muses, incessamment obligé de compter avec son boulanger, négligerait-il de compter avec les comédiens ? »

Si le droit des hommes de lettres a été rarement attaqué dans son existence même, on est loin d'être d'accord, en théorie, sur les caractères qu'il doit avoir.

Est-ce une véritable propriété dont le caractère distinctif est la perpétuité (1) ?

Est-ce un simple privilège ?

Des discussions sans fin ont eu lieu. Depuis les protestations courageuses de Louis d'Héricourt, le système de la perpétuité, attaqué par Dupin, Siméon, Renouard, a été défendu avec éloquence par Portalis, Marie, Lamartine. Leurs recherches savantes, leurs travaux éminents n'ont produit aucun résultat. La ques-

---

(1) La perpétuité de la propriété littéraire est admise au Mexique. Voir l'étude de M. Marcel Guay *Sur la propriété littéraire dans les divers États de l'Amérique latine.*

Le nouveau Code civil de Mexico est en vigueur depuis le 1er mars 1871. Il ne comprend pas moins de 4126 articles. — Article 1253 : « L'auteur jouit du droit de propriété littéraire pendant sa vie; à sa mort, la propriété littéraire passera à ses héritiers, conformément aux lois. »

tion n'a pas changé ; telle elle était au XVIIIe siècle, telle elle est encore aujourd'hui, aussi controversée et aussi peu résolue.

Je n'ai pas l'orgueilleuse prétention d'apporter dans ce débat des arguments nouveaux. « Tout est dit, et l'on vient trop tard, depuis plus de sept mille ans qu'il y a des hommes, et qui pensent... L'on ne fait que glaner après les anciens, et les habiles d'entre les modernes (1). »

Au point de vue pratique, savoir si la propriété littéraire dérive du droit naturel, ou si, au contraire, elle est un privilège consacré par la législation positive, n'offrirait aucune importance, si une consécration avait été faite aussi formelle que nous le désirons. Mais il y a ici matière à des considérations d'un ordre plus élevé, et je doute qu'un auteur n'ait pas un droit inné et primordial sur le produit de son travail.

Qu'un écrivain s'adresse à l'homme le plus illettré et qu'il lui demande, en montrant son manuscrit : « A qui est cet ouvrage ? » le vulgaire bon sens dictera la réponse. A quel homme, en effet, le *Discours sur l'histoire universelle* pourrait-il appartenir, sinon à Bossuet ? Et qui aurait fait *Britannicus*, si Racine n'avait pas vécu ?

Il semblerait peut-être bien osé de soutenir qu'il existe une propriété privative sur les idées. Et cepen-

(1) La Bruyère, *Caractères*, ch. i, § 1.

dant., la théorie toute contingente des idées diffuses
répandues dans l'humanité, semble bien métaphysique
pour une science positive comme le droit.

Pourquoi la création matérielle ne formerait-elle pas, au
même titre, un fonds commun ? Et pourquoi alors le
principe de l'occupation ne s'appliquerait-il pas avec la
même énergie dans l'un et l'autre cas ?

Ces pensées sont exposées, d'une façon fort savante,
par l'éminent magistrat (1) auquel je les emprunte. Si la
critique m'était permise, je dirais qu'elles sont peut-être
un peu subtiles, et que Pascal avait raison quand il
écrivait : « Certains auteurs, parlant de leurs ouvrages,
disent : Mon livre, mon commentaire, mon histoire. Ils
sentent leurs bourgeois qui ont pignon sur rue et toujours un chez moi à la bouche. Ils feraient mieux de
dire : Notre livre, notre commentaire, notre histoire, vu
que, d'ordinaire, il y a plus en cela du bien d'autrui que
du leur. »

La parole est vraie; toutefois on peut, sans demander
un monopole sur les idées, désirer que la propriété de
l'œuvre elle-même soit reconnue à son auteur. Un
écrivain est-il propriétaire des idées qu'il émet ? La
réponse faite à cette question importe peu. Quand un
homme s'est livré à un travail assidu ; quand, après avoir
consumé les plus belles années de sa vie dans l'étude, il

(1) M. Dramard, juge au tribunal civil de Béthune.

coordonne les matériaux réunis par ses soins, cet assemblage constitue une œuvre réellement originale, qui, à ce titre, doit lui appartenir.

Un célèbre économiste n'a-t-il pas dit : La propriété est l'appropriation devenue un droit par le travail ? En supposant qu'il n'y ait point de droits possibles sur l'idée, sur la forme donnée à cette idée existera une véritable propriété. A côté du travail manuel se place le travail intellectuel ; bien que leurs résultats soient différents, leur récompense doit être la même.

Ainsi se trouve réfuté le grand argument des jurisconsultes allemands (1). Suivant eux, le droit de propriété, n'étant que la relation d'une personne à une chose, suppose nécessairement une personne qui en est le sujet et une chose matérielle qui en est l'objet : or, dans la propriété littéraire, l'objet fait absolument défaut. C'est la dernière partie du raisonnement qui est contestable ; et, sans confondre l'œuvre intellectuelle avec sa représentation matérielle, il faut avouer qu'il y a, dans la réunion des parties composant une œuvre d'esprit, un élément sensible et aussi un élément personnel à l'auteur. Cela est tellement vrai, que jamais l'on n'a vu deux personnes reproduire sans s'être consultées la même idée sous une forme identique. Et quand un professeur, dans un col-

(1) Voir *De la protection des œuvres d'art dans l'empire d'Allemagne*, A. Morillot.

lège, trouve deux compositions semblables, il n'a pas la naïveté de croire qu'il y a dans cette similitude un pur effet du hasard.

L'assimilation entre la propriété littéraire et la propriété ordinaire, dont la perpétuité n'a pas besoin d'être démontrée ici, n'est donc pas aussi chimérique qu'on l'a dit. Au point de vue de la durée, la supériorité de la propriété littéraire s'impose dans une certaine mesure : les œuvres d'Homère, de Virgile, de Sophocle existent encore et on les imprime tous les jours ; tandis que des ruines seules indiquent souvent les lieux où s'élevèrent jadis les grands monuments de l'antiquité.

Cependant les objections n'ont pas manqué, et il est à craindre qu'on ne discute encore longtemps une question qui, suivant le mot d'un avocat, a déjà fait répandre des flots d'encre (1).

Quand les exemplaires d'un ouvrage sont vendus, a-t-on dit, le droit d'user et d'abuser, élément essentiel de la propriété, n'existe plus.

C'est peu concluant. Des limitations de toute espèce ont été apportées à l'exercice de la propriété foncière, et pourtant on n'en tire pas argument contre elle. Les droits de l'auteur et du propriétaire de chaque exemplaire, se limitent sans se détruire, puisque c'est de l'auteur que le propriétaire tient le droit dont il dispose.

(1) M. Pouillé, avocat à la Cour de Paris, *Traité de la propriété littéraire et artistique.*

Quand une œuvre aura été composée plusieurs siècles auparavant, comment connaîtra-t-on son véritable propriétaire ?

La réponse est aisée : Lorsqu'une propriété existe, ceux qui sont appelés à en bénéficier savent bien se faire connaître. Les compositions littéraires feront l'objet de partages, de donations, de transactions ; l'existence des actes constatant ces contrats préviendra toute incertitude.

Certes, chacun connaît la parole de Macaulay : « La perpétuité n'aurait pas empêché la petite-fille de Milton de mendier, parce que la perpétuité n'aurait pas empêché Milton de vendre son droit à vil prix au libraire Thompson. » Si ce raisonnement s'appliquait ici d'une façon générale, il faudrait aller jusqu'à dire : La propriété territoriale est inutile parce que le père de famille peut toujours, par sa dissipation ou par sa mauvaise gestion, réduire ses enfants à la misère.

L'institution de majorats littéraires n'est pas demandée ; on désire seulement une réglementation nouvelle qui sera pour les littérateurs un encouragement à composer des œuvres durables, au lieu de produire des ouvrages futiles.

Dans la plupart des pays d'Europe, le droit de l'auteur est reconnu ; pourquoi le limite-t-on dans sa durée ? Après trente ans, après cinquante ans, ce droit n'a-t-il plus la même nature qu'à l'origine ? Voilà, Messieurs, la question que devraient se poser les partisans de la limitation. Ils verraient, en y répondant, ou plutôt en cherchant à y répondre, que les arguments sur lesquels ils basent leur système peuvent être facilement réfutés.

Les droits de la société ont été invoqués ; on a craint qu'un héritier, par ignorance ou par esprit de parti, ne fît disparaître une œuvre utile à tous. Mais alors pourquoi ne dépouille-t-on pas l'héritier d'un champ, de crainte qu'il ne le cultive pas, puisque l'on a peur que les enfants d'un grand homme n'anéantissent, avec sa gloire, la richesse qu'il a laissée ?

Jusqu'à présent, le cas ne s'est pas présenté : c'est dire que le danger n'est pas grand ; si on le redoute, pourquoi n'organiserait-on pas l'expropriation pour cause d'utilité publique ? On pourrait aussi établir une prescription particulière : si, pendant trente ans, par exemple, les héritiers de l'auteur n'avaient fait paraître aucune édition de l'ouvrage tombé dans leur patrimoine, leur droit serait éteint.

Les œuvres d'esprit, a-t-on dit, doivent profiter à tous, servir à l'instruction des masses, coopérer au développement du progrès... Ah ! Messieurs, je devrais peut-être ici me demander si l'apparition à notre époque d'une certaine littérature, ne ferait pas croire à la vérité relative de la théorie que soutenait, sur le rétablissement des sciences et des arts, le philosophe dont le discours était couronné, en 1750, par l'Académie de Dijon ; et il serait utile de voir si le progrès moral a bien suivi, au XIXᵉ siècle, le développement du progrès intellectuel.

Je laisse l'examen de ces grands problèmes à ceux qui ont, avec le talent, l'autorité que donne l'expérience.

Souvent, je l'avoue, le droit de la société sera fondé, mais la légitimité de la propriété littéraire n'en est pas moins établie, et l'intérêt général ne justifie pas le dépouillement d'un auteur sans indemnité. « J'ai vu, disait Lally-Tollendal en 1826, tant d'individus depouillés de leurs propriétés territoriales, à qui l'on disait : C'est pour la nation (et l'on sait comment elle en a profité), que je répugne à dire aux auteurs en les dépouillant : C'est pour le public. »

Laissez-moi, Messieurs, ajouter un dernier mot : Les arrière-neveux des paysans et des artisans, qui vivaient il y a trois cents ans, jouissent encore aujourd'hui de la fortune laissée par leurs aïeux, tandis que les descendants du grand Corneille n'ont reçu de lui que sa gloire et la misère qui fut la récompense de son génie. Il y a là une véritable ingratitude, d'autant plus grande qu'à côté des Corneille, des Molière, des Racine, qui, après avoir été pour leurs contemporains un sujet d'étonnement et d'admiration, ont prévu au moins, en mourant, qu'ils léguaient à la postérité un nom immortel, il a de tout temps existé des savants beaucoup plus humbles, des compilateurs, des géomètres, des grammairiens, qui, pour prix de leurs obscurs travaux, ne demandent à la société qu'un peu d'estime et un modeste salaire.

J'ose donc espérer que, dans un temps meilleur, nos législateurs ne se laisseront pas émouvoir par les revendications sociales qui se produisent, à l'heure présente, avec une énergie si sauvage ; et que bientôt une loi nouvelle, plus large et plus libérale, reconnaîtra, en les consacrant, les droits de ceux dont les travaux ont contribué d'une façon si puissante à faire de la France un grand pays.

Poitiers. — Imprimerie TOLMER et Cⁱᵉ

www.ingramcontent.com/pod-product-compliance
Lightning Source LLC
Chambersburg PA
CBHW070910200626
46818CB00006BA/2455